KB068131

이제는
그대에게
말하고
싶다

이제는 그대에게 말하고 싶다

김한진 시집

바른북스

망 · 생명

서

나는 기다리는 노동을 하자
나는 만세 불러
답답한 병아리의 알을 깨고 나오자
가장 힘들게 기다린 시간,
지칠 줄 모르는 가슴이라도 지쳐쉬고 싶다
외로운 세상에서 외롭기 싫어
가슴 속 깊은 희망을
이제는 그대에게 말하고 싶다

차례

서

1 사랑과
사랑

별 ··· 13
그대의 엽서 한 장으로 ·· 15
나는 내 하나의 목숨으로 ··· 17
살면서 잊을 수 없는 사람이 있다 ······························· 18
다시는 그 일을 되풀이 말자 ··· 19
사랑만은 맹세해보자 ·· 20
다시는 살 수 없는 이 한 번 인생에 ····························· 21
아직 쓰이지 않은 내일 있으니 ····································· 22
자화상 ··· 23
산처럼 ··· 25
흘려버리기엔 너무 아까운 오늘을 ······························· 27
요즘 뭐 하니? ·· 28
어떤 사진 ··· 30
동반자 ··· 31
배반하면 ·· 33
생명 中-1 ··· 34
생명 中-2 ··· 35
동행 ·· 37

2 삶과

삶

습작시간은 끝났다 1 ·············· 41

습작시간은 끝났다 2 ·············· 42

새벽이 오면 ················ 43

우정의 말 한마디 ·············· 44

가치척도 ·················· 45

돈이란 요물이다 ·············· 46

돈이란 보물이다 ·············· 47

친구들이여! ················ 48

축배 ···················· 49

인생-완성 ················· 50

인생-파도 ················· 51

살아보자 ·················· 52

아직 한 끼니 쌀은 내게 있다 ······· 54

생명 中-3 ················· 55

생명 中-4 ················· 57

인생-진실 ················· 58

먹을 것을 찾아 ·············· 60

아, 배고프다 ················ 62

삶-헤어짐 ················· 64

오리 날다 ················· 65

주어진 길 ················· 67

굴레 ···················· 69

장수의 비결 ················ 71

축복인가? ················· 73

성취지위 무용지물 ············· 76

죄와 벌 ··················· 78

참회록 ··················· 80

3 자유와
자유

청춘 ··· 87

고향으로 가련다 ································· 88

친구의 결혼 ······································· 89

친구의 집 ·· 91

어머님의 아이 ···································· 94

생신날 ·· 96

심정 ··· 97

일리 있는 거역 ··································· 98

시인은 시를 써야 한다 ······················ 99

장미 ·· 100

길 ··· 101

사상계(思想界) ································ 102

4 행복과
행복

그 누구를 기다린다는 것은 행복 중에 제일로 큰 행복입니다 ·········· 107

신행복론 ·········· 114

나의 한 사람 ·········· 116

사랑 ·········· 118

산꽃 ·········· 119

수세미꽃 ·········· 120

자격 ·········· 122

요정 ·········· 123

요정2 ·········· 125

지금 난 행복합니다 ·········· 127

살아갈 의미 ·········· 128

탄생과 부활 ·········· 129

만족도 ·········· 131

살다 보면 ·········· 133

1

사
랑
과

사랑

별

내게는 그대를 만날 이유가 있습니다
이름을 알 수 없는 별이지만
내게는 그대를 만날 사연이 있습니다

나는 시인입니다
나는 그대를 향해 타는 한 자루의 촛불
사랑의 시인입니다

그대 만나면 무슨 말을 먼저 할까요
우선 나 자신을 소개하고
그대 만난 인생 얘기 한 구절을 말하렵니다

같은 하늘에서
한가지로 호흡하며 살아가는
사랑의 세계

어디에도 없던
새로운 말이 생겨나고

경계를 허물은 이야기가 탄생합니다

연처럼 날아 들은
그대의 사랑에
오늘의 인연,
내일의 삶은 계속됩니다

어디서 왔다가
어디로 가는지 모르는 불 꺼진 플렛홈
내 인생을 비춰줄
사랑입니다

그대의 엽서 한 장으로

시작은 남몰래 설레는 가슴입니다
어느 가을날
국화 향 바람에
시작한 사랑
나 홀로 낙엽 싫어
조심스레 말 건네 시작한 사랑입니다

플라타너스 가을이 가고
목마른 나날에 내 마음의 사랑이
눈 내리는 겨울입니다
송이송이
진실만을 선택하고
믿음만을 선택하여
사랑의 한 줄 시로
어두운 밤 끌어안은
타오르는 가슴입니다

황홀한 키스의 전율,

더 이상의 그리움이 필요 없이
어느 날 남매가 많은 집안
맏며느리 시집을 가서
가르치고 돌보겠다던
그대의 엽서 한 장으로
내 생의 소망을
그대로 쓴
담겨진 기쁨의 가치
진달래 개나리는 피어지고
촛불 태우는 밤
갓 태어난 아기를 보듯
지금은 작지만 큰
귀한 눈빛입니다

나는 내 하나의 목숨으로

나는 내 하나의 목숨으로
사랑을 선택했다

주저 없이
겁낼 것도 없이

나는 내 하나의 목숨으로
진심을 선택했다

아름다움 영원히
기쁨이 영원토록

나는 내 하나의 목숨으로
그대를 선택했다.

살면서 잊을 수 없는 사람이 있다

살면서 잊을 수 없는 사람이 있다
살면서 잊을 수 있는 사람이 있다

목숨 걸고 시작한 사랑이지만
목숨 걸고 잊을 수 있다

황홀한 키스의 만남이지만
쓰라린 이별을 택할 수도 있다

아,
나의 갈 길아

그래도 영원히 잊을 수 없음은
모든 것이 사랑이기 때문이다.

다시는 그 일을 되풀이 말자

다시는 그 일을 되풀이 말자
두 번 다시 그 일은 되풀이 말자
어느새 내게 와 있는 목소리
별 바라보며 눈물짓던
소녀의 모습
불꽃 같은
가슴은 갈대숲을 지나가고
끝내 다 헤아리지 못한
별들의 상사(想思),

왜 그리되었을까
곰곰 생각하니
세월이 늘면
원하는 것도 많아지기 때문
그러나 사랑해야지
내 선택은 정당하고 만족한 것으로
그대 손님 세월은
좀 더 나은 사랑의 준비물.

사랑만은 맹세해보자

네가 날 사랑한다면
나는 널 잊지 않으리다

내가 널 사랑한다면
너는 날 잊지 말아다오

나는 연약하여도
너는 연약하여도

장미꽃도 좋지만
그대의 가슴에
다시는 비 내리지 않으리

삶에서 죽음 동안
나 하나 목숨 전부 걸어
사랑만은 맹세해보자.

다시는 살 수 없는 이 한 번 인생에

어둠을 사랑하련다
더 많은 사색으로
어둠을 사랑하련다
술 취한 나의 모습을
비열한 나의 가슴을
모두 거절치 않는
어둠을 사랑하련다

때로는 흥청이고
때로는 비관이어도
다시는 살 수 없는 이 한 번 인생에
이미 잃은 것은 소중하게 잃어버리고
어둠을 사랑하련다
마돈나여,
그대는 내 하나의 별빛으로.

아직 쓰이지 않은 내일 있으니

아직 쓰이지 않은 내일 있으니
오늘의 외로움은 견디어 나가겠소
결코 나는 변치 않으리다
사랑은 멀리 있지만
아직은 내일이 남았기에
난 오늘의 외로움은 견디어 나가겠소

아직 쓰이지 않은 내일에
아직 쓰이지 않은 내일에
이 목숨을 걸어놓고
난 오늘의 외로움은 견디어 나가겠소
결코 나는 변치 않으리다
당신을 사랑합니다

자화상

어차피 떠나지 못할 바에야
마주치며 살자

사랑은
잊지 못할 그림

어두운 하늘을 그리고
보름달을 그리고 별을 그리고
바람을 그리자

이끼 낀 돌구릉이에 울음 울던 종다리
물소리는 흐르고

고요한 세월
님 발자국 소리 떠나갈 때
사랑도 숨을 죽여 멈춰 선 지 오래다
o
o
o

눈꽃이 내린다
사랑은 끝없고
여행은 끝났다
지친 피로 가슴은 쉬어라

사랑하는 사람
내 님 고운 모습들이
별무리로 잠들 때

사랑은 생명
사랑은 공존(共存)의 자화상
○
○
○
다시 움트는 꽃들아
기지개를 켜라
바로 피기를

도둑맞은 젊은 인생
용납하고 다시 피기를
이해로 믿음으로 바로 피기를

사랑은 그리움 푸르른 자화상

산처럼

산처럼
앉아서 기다리자

오늘은
오지 않아도

산처럼
앉아서 기다리자

가슴 잘리고
옆구리 베어져도

산처럼
아픔을 인내하자

그날이
오기를

산처럼
일생을 걸어보자

네가 날
사랑한다면

산처럼
일생을 걸어보자

흘려버리기엔 너무 아까운 오늘을

고통을 이기기 위해
바꾸어 살아보자 한다

너무 오랜만에 궁금증을 물린
자네의 소식

엘도라도 세상을 향해
마음의 문을 닫은

돌아오기 위해 떠난다던
자네의 소식

흘려버리기엔 너무 아까운 오늘을
이젠 바꾸어 살아보자 한다

의사가 되어 제일 먼저
나의 참회 치료하면서

요즘 뭐 하니?

요즘 뭐 하니?

오늘은 단비가 내려 목마름이 해소되었다

지난날 너에게서 물러선 것은

물론, 나의 주장을 받아들였기 때문이지만

단 한 번의 사랑이 그렇게

무서운 마력으로 내게 남을 줄 나는 몰랐다

그래 지금까지도 잊지 못할 바에야 차라리 용서하
리라

가까이 있을 때 좀 더 내 한 몫의 자부심으로 남았
지만

지금은 멀리 있는 그대가 진정 나의 소중한 몫임을

산처럼 앉아 깨달으며

그래 차라리 감사하리라

친구야,
요즘 뭐 하니?

어떤 사진

어떤 사진을 펴고 한참을 보노라면
내 모습이 그 얼굴을 닮았다

아닌 것 같다고 몇 번을 되풀이해도
그 얼굴은 밝게 빛난다

아침바다가 잠을 자는 모습
무엇을 얘기하고 웃기도 하고

나는 훗날
누구를 닮아가며 살아갈까

그렇게 만나지는 것이
그런 만남이라면

어떤 사진은
훗날의

동반자

우리 무엇이 되어 만날까
너는 무엇이 되고
나는 무엇으로
이 세상에 남을 수 있을까
온종일 그 생각에 날을 보내고
강산이 바뀌어도
그 생각으로 노력할까

굳이 이별을 애쓴다면
어쩔 수 없겠지만

아니다
우린 함께 가야 한다
우린 무엇이 되어서 만나서는 안 된다
우린 무엇이 되기까지 동반자여야 한다
백발이 되어 지난날 얘기해본들
베옷 고쳐 입은
누구 하나를 바라본들

우린 별빛에서 멀어져 있었다

그래
우린 무엇이 되어서 만나서는 안 된다
우린 무엇이 되기까지 동반자여야 한다.

배반하면

물이거든 흘러라
고인 것이 물이더냐
산이거든 앉거라
섯는 것이 산이더냐
흐르지 않고 썩거들랑 단숨에 퍼내버리리
기다리지 않고 목을 빼면 단숨에 베어버리리
세상 밖으로
무인도로

생명 中-1

부딪치며 살고 싶다
새와 바람과 소리와
별과 살고 싶다
술 한잔하며 살고 싶다
해(年)와 친구와 아들과
살고 싶다
지구가 종말 할지라도
까마귀 떼 닮아 어우러져
살고 싶다
늑대의 무리처럼 광야를 떠돌지라도
한 톨 먹이를 나누어 먹고 싶다
죽기까지
사는 동안
그 누구를 위한다는 거
끝내 그것을 알고 싶다
발명이 아니라

본능을 지켜내고 싶다

생명 中-2

생각하지 말게나 잊어버리게나
두 눈 지그시 감아버리게나

상처는 감쌀수록 더 아픈
걸

욕심이 커질수록 그대는 더
작아지는 것을

몰래 철학 버리고

그저 아이들 살피고 내자를 거두면
그만이지

저 멀리 광야의 어미 늑대를
생각해보면 알 일이지

Eroica

그게 진정한 Eroica지

그게 할 일이지
할 일이야

또 무엇이 Eroica냐

동행

무엇이든 믿음을 주는 수밖에
달리 방법이 없다

무엇이든 사랑을 주는 수밖에
달리 방법이 없다
↓
목적지가 같다면

무슨 일이든 간에 믿을 수밖에
달리 방법이 없다

무슨 일이든 간에 사랑할 수밖에
달리 방법이 없다
↓
파도를 타자

2

삶
과

삶

습작시간은 끝났다 1

물이 흐른다
꽃이 핀다
어둠이 간다

내가 생을 알기 전
내가 별을 알기 전
서둘러 알았던 전(前)의 세계에
아,
비로소 칼날을 꽂고

습작시간은 끝났다 2

지난 날들에 지난 일들에
이제는 약속을 부여치 말자
그것은 쉽고도 고통이니
이제는 기약드리지 말자

촛불 태우는 가슴의 파문(波紋)도
일어서기 위함이었으니
이제는 잘못을 빌자
죄를 범하고 배반한 것도
모두 일어서기 위함이었으니
이제는 용서를 바라자

때로의 잘못이라 하긴
때로의 실수라고 하긴
내 성숙한 삶에서의 그것

새벽이 오면

새벽이 오면
달려가야 한다

내 일생 다 가도록

새벽이 오면
달려가야 한다

무엇으로든지 생존을 위해서

새벽이 오면
달려가야 한다

오늘도 피 흘리며 쓰러질 때까지

우정의 말 한마디

우리 독약으로 건배하자
다시는 화폐의 힘(力)을
쓰지 않겠노라고

지킬 수만 있다면
우정의 말 한마디를
그렇게라도 지켜보자

가치척도

나에게 버려진 시간
나에게 주어진 시간은
괴롭고 쓸모없었다

그것은
내 생에 전부의 실업이었다.

나에게 버려진 돈
나에게 주어진 돈은
괴롭고 쓸모없었다

그것은
내 생에 전부의 유흥이었다.

돈이란 요물이다

돈이란 요물이다
담배 한 개비로 머리가 어지럽고
술 한 잔에 몸이 기우뚱

벌어서
벌은 만큼 쓰여지는 돈은
고달픈 요물

부자는 없다
내가 사는 곳에
부자는 없었다

쓰거나
쓰지 않아도
유흥은 재산일 수 없었다.

돈이란 보물이다

돈이란 보물이다
내 가족을 위로하고
가난한 친구에게 나누어줄 수 있다면

돈이란 보물이다
어둠을 밝혀주고
수심(愁心)을 지울 수만 있다면

가난한 것에
그을린 얼굴,
하지만 소중한 건
그대 밝은 마음살

친구들이여!

이제는 담을 쌓지 말자
이제는 벽을 치지 말자
우리는 어떤 사연으로 인해
담을 쌓을 수 없고
우리는 어떤 경우에서든
벽을 세울 수 없다

이제는 덕을 쌓아가자
이제는 신(信)을 쌓아가자
우리는 어떤 사연으로 인해
덕을 버릴 수 없고
우리는 어떤 경우에서든
신을 버릴 수 없다

생사(生死)의 찰나에
잃는 것 너무 많지만
우리는 어떤 사연으로 인해
나 자신을 잃지 말자

친구들이여!

축배

어둠이 들면 축배를 들자
술 한 잔 시름으로
술 한 잔 사랑으로
빛나는 축배를 들자
외롭다 생각 말고
서럽다 생각 말고
한 잔의 술을 마시자
인생은 이별
인생은 해후
지금은 이별이나 다시 올 그날을 위해
축배를 들자
친구여,
우리 한 잔의 술을 마시자

인생-완성

어디서부터 시작되었나
어디까지가 끝인가

가는 길
배반 없이 살다가

고향으로
돌아가는 것이

인생-파도

배 떠난 바다
내 머물 곳 어디

휘감는 파도
내 갈 길이 칼날

살아보자

나는 좀 더 인정 있게 살아보자
그렇지 못한 내 모습은 부끄럽다

나는 좀더 정직하게 살아보자
그렇지 않은 내 얼굴은 비겁하다

떠돌면서 그리워하면서
내 목숨을 이어온 살갗이 그러하고
내 목숨을 이어갈 심장이 그러하다

나는 이 세상을 좀 더 현명하게 살아보자
그렇지 못한 내 모습은 초라하다

나는 이 세상을 좀 더 당당하게 살아보자
그렇지 않은 내 얼굴은 비굴하다

아무 탓할 것 없고 한탄할 일 없어라
그토록 쌓아온 내 정신이

사뿐히 부서지는 세상이라면

반성만은 고결하게 나만큼은 살아보자
가버린 사람은 지나는 벗이었다 생각하고

하늘은 웃고
난 열심히 걷고 있다오

아직 한 끼니 쌀은 내게 있다

하루에 몇십 번 좌절을 하다
하루에 몇십 한 번 좌절을 딛고 일어서다
희망하다 절망하다
아들이여 사랑아
그래도 아직 한 끼니 쌀은 내게 있다

생명 中-3

우리 집 냉장고엔 금붕어와 비둘기가
살고 있다 금붕어는 가끔 비행을 하고
비둘기는 헤엄을 친다 때로는 입맞춤
애무를 또 옆구리를 찌르기도 하고
열매의 냄새를 맛보고, 냉장고 벽면으로
병아리 한 쌍이 지나간다 멧돼지가
그것을 바라본다 거위가 사과나무 열매를
먹는다 까치는 가지를 먹고 있다,
그 속으로
한 살 반짜리 아이가 두 팔 뻗쳐
인생 처음 일어선다 시작이다! 그 자신
터질 듯 벅찬 감정! 그래! 이보다 힘찬 건
있을 수 없다!
아침이다
태양이 오른다 내 두 눈과 내 두 귀는
깨끗해져라 코와 입과 손과 발과
팔과 다리와 오장육부는 움직여라
건강하게 살아보자 오래오래 살아보자

많은 선행을 남기면서 죽어보자
견리사의견위수명(見利思義見危授命)
살신성인 죽어보자, 포도가 열린다 귤나무가
익는다 장미꽃이 웃는다

of the people
by the people
for the people 달이 피고
별이 열린다 비행접시가 날고 눈사람이 말한다
헬리콥터 윙윙 자동차가 앵-
토끼가 뛰어가고 로케트가 활화되고 딱(벌레)이
기어간다 천정으로 공을 차고 텔레토비
친구들이 흔들흔들 어깨동무 "젤리 젤리 젤라비
품푸 빰바 품푸 빰바 품푸 빰밤바" 젤라비 춤 노래
하고

그리곤 열우물 깊은 곳에서 우리는
문수마을로 짐을 날랐다

새 보금자리로.

생명 中-4

아이들은 먹는 거에 목숨을 건다
↓
살아간다는 거
↓
평생을 그 짓으로 어른들 또한
목숨을 버린다

인생-진실

기껏해야 칠십 생애
울다가 웃다가
결국은 촛불처럼 타고 가네

화롯불 앞에 놓고
밤새워 지켰어도 속살은 설고
껍질은 재가되어
흔적 없는 이야기만 주고받았네

연작(連雀: 참새)도 옳고
홍곡(鴻鵠: 황새)도 옳았도다
결국은 바람 같은 진실
세상 속에 묻어버렸네

사람들은 그것을 인생이라 말하네
차려놓은 밥상
수저도 들기 전에
맛부터 타령하던

그 심술

그저 좋은 것만 바라보던 세상
결국은 그 맛 하나
알지 못하고 가네

먹을 것을 찾아
-포장마차 개업식 하루 전날에-

어찌어찌하다 보니
이렇게 되었다
낡은 봉고차를 사고
LPG 가스를 뿜어
국수
오뎅
김밥을 말아
내 아내와
내 처남과
먹을 것을 찾아
거리를 나서게 됐다
달빛을 벗 삼아
이슬을 맞으며
얼마나 벌지
아니
얼마나 사람들이 오갈지
모르며
아직은 모르며

우리는 내일부터
거리로 나서야 한다

아, 배고프다
-노점상 포장마차 3일을 지나면서-

첫날은 무척 울었다
하마터면 눈물이 창밖으로 새 나올 뻔도
여러 번,
억장이 무너져 내렸다

둘째 날도 그랬다
아내는 김밥을 썰고
처남은 국수를 말고
배고픈 택시기사는 오뎅을 먼저 집는다

내리는 밤 안개 속
포장을 치고
내 3일 전은 이렇게 시작되었다
무엇을 위해선지

무엇으로든지 살아보려고
달빛보다 더 밝은
14촉 배터리 전구불을 달고

난 그 속에 들어서 있다

차는 달리고
식구는 그들이 서주기를 고대하며
새벽이 이슥하면 그제서
기지개 한 번,

가끔 순찰차가 주위를 돌며
우리를 긴장게 한다
아, 정말 배고프다.

삶-헤어짐

난 지금 우울해
네가 우울한지는 모르겠어
둘이 앉아
술을 마시며
네 인생 내 인생을
자신 있게 주고받지만
돌아서 혼자일 때면
난 우울해
너도 그런지는 모르겠어
어차피 인생이 이별이지만
혼자일 때는 정말 우울해
너도 그런지는 모르겠어
아마도 (내 생각에)
인간이라면 다 그럴 것도 같아
헤어짐,
그게 삶이란 걸 거야.

오리 날다

하늘을 보면
속이 좁아
내 눈으론 다 볼 수 없고
속이 타서
바다를 건너면
내 귀로는 다 들을 수 없어라

낙오(落伍).

나는
반평생 벌은 것 없고
한평생 받은 것은 배고픔
그렇다고
무작정은 아니었는데
지금껏 빈 가슴

이제 다시
시작이려나

아니면 절름발이
병신노릇 계속하려나

친구여!
밤은 깊고
별은 빛나도다

오리 날다

새 생명의 전진
벼는 익으니 고개를 숙였고
자신을 죽이고 또 죽여 인간의 목숨을 지켜낸다

나도 그렇게 살 수 있을까
화룡점정(畫龍點睛)!
용의 얼굴에 눈을 그릴 수 있을까

친구여
오늘 자네와의 술 한잔이
참으로.

주어진 길

APT가 뭐 필요하랴
자동차가 뭐 필요하랴
모두가 일억 원 타령인데

그보다 소중한 건
내 아내 마음이지
그보다 소중한 건
내 자신 마음이지

물론 외견상은 필요하나?
하지만 그건 남들의 타령이야
그것 땜에 속 상하진 말아

우리에게 소중한 건
지금 더 중요한 건
한걸음, 걸음
걸어가는 거야
나한테

우리에게 주어진 길을
천천히 걸어가는 거야

그게
세상에서 제일 빠른 길이야
아무것도 쥔 것이 없을 때에는

굴레

뒤를 돌아보니 눈물이 나듯,
착하게 살고자 애썼으나
지나보니 모두 악함 뿐이었다
그저 순한 척,
진실인 척

그래서 지난날들은 아쉬운 건가,
넘어도 넘어도 벽이 서고
넘어도 넘어도 산이 솟구
난 도대체 무얼 했는지
그 세월이,

아직도 이른 탓인가
때론 아직도 멀리 있는가

부모님의 기대를
내 아내의 기대를
친구들의 기대를

그것이 걱정이고
그것이 행복이지만

앞으로 어떤 삶이 나를 기다리는가,
그것이 기쁨으로 구분될 거고
슬픔으로 구분될 거고
빈손도 떠날 거고
어쨌든,

내 마음속 행복은
지금도 움츠린
못생긴 개구리이다

장수의 비결

그자(者)는 왜 그리 먹기만 할까
내 것을 먹고
또 남의 것을 먹고
왜 먹기만 할까
그러다 토해내면
이미 위장은 지고

그래도
인간이라면
먹어야 산다
내가 그대를 먹고
그대가 나를 먹고
또 다른 걸 먹고

삶은
먹어야 산다
다만
깨끗한 걸 먹어야 오래 산다

다만
깨끗하게 먹어야 오래 산다

축복인가?
-MJ·MS에게-

@ 난 너-MJ-를 처음 만났을 때
  참 행복했다
@ 난 너-MS-를 처음 만났을 때
  참 행복했다

  엄마의 숨결을 이어
  갓 나온 너를 안고
  너가 아는 세상사람 중
  가장 먼저 너의 눈 빛을
  본 나
  그 감정이야 어떠했겠니
  ?
  너 같으면
  말로 형언할 수 있겠니
  그리고!

  사랑이 흐르고
  삶이 늘어난 지금

너희는 서리(霜)를 품고 better에 목마르다
샘물을 판다
그 메마른 땅 골 끝으로 가뿐 숨을 오로지
성취(成就=화폐)를 향해 달려간다

원천수(源泉水)를 비켜선채

팽이는 맞아야 돈다
그렇게 도는(狂) 세상이다

돈(力) 세월이기에
가족이 붕괴되고
사랑 따윈 오래전 타버렸다
그리고
지금 잘 살고 있다고 반문한다
진정한 자유인 양
축복이라고

나에겐 낯설은 강아지가 그들을 올려다보며
"앙앙"댄다 그리곤 안아달라 꼬리치며
살래살래 웃는다
그들은 그 이름을 "축복"이라? 지었다

(-품에 안기는 "축복"이도 평화와 사랑을 바란다.
동물에게는 거짓이 없다. 축복이란 그런 것이다)

성취지위 무용지물

시인이 글을 쓰면 시라 하고
화가가 그림을 그리면 작품이라 말한다
이른바 성취지위(成就地位) 대가다
-하지만 이것에 도달하기가 참으로 긴 세월이다
하늘의 별 따기다 고생 밭이다-
그래도 학교에서 배웠을 땐
참 근사했었지
그리고 훗날
'나도 그렇게 되리라' 다짐도 했고
그렇지만 어지러이 돌아가는
지금은 도는(狂) 세상
돈(力) 세월에게는 무용지물(無用之物)이다
그래도 욕하지 마라
먹을 노릇해서 먹겠지만 한탄치 마라
볼 수 있다면 끈질기게 따져보고 이야기하자
하지만 지금은 영혼(靈魂:삶을 지탱하는 인간의
내면 속에 존재하는 어떤 힘이나 생명의 원리)의
살찌움이 상실한 시대

그렇게 잃어버리고
그것 때문에 난
오늘도 굴절지게 살았다
또 복권(福券) 세월을 망가뜨렸다

지친
이 밤도 잘 자

죄와 벌

새벽이 오면 달려가야 한다
이것을 못한 죄는 너무도 크다
가족이 이산(離散)되고
친구들은 떠나갔다

그렇게
세월 흘러
별이 빛나지 않으면
나도 빛나지 않는다

시가(媤家)가 당신을
조금만 손 잡아 주었다면
그대 자기는 정말(眞)
훌륭한 규수(閨秀)가 되었을 텐데

나도 역할이 되고 싶다

살면서 전당 잡힌 목걸이와 반지

더는 늦지 않게 다시 빚어봅니다

아내를 내게 보내주신
별보다 진한 어머니, 어머니
길(心)은 지키겠습니다

다시 별이 빛날 때까지
한 걸음 한 걸음 더 걸어가겠습니다

참회록

비록 출발선이 달랐지만 비교하면 안 되지
마음 놓고 학업(學業)을 할 수는 없었지만 그래도
비교하면 안 되지
난 알고 있다
변명은 도움이 되지 않는 것을 실력이 비겁하다는
것을
그러니 비교하면 도둑자(者)다
그리고 난 알고 있다
앞서 출발한 이들이
왜 거북이걸음으로 지탱하는가를
그래야 이 세상 살아가니까
그래야 개미집이라도 지으니까
그래야 사랑이란 것을 키울 수 있으니까
"가장 소박한 것이 가장 위대하다"
누군가가 말했나

소박한 삶...
이것을 놓치면 베짱이가 된다

그대가 노리던 먹이(賭博)는
한낱 인생의 먼지로 날리고

황혼(黃昏)이 왔다
시간은 화살같이 흐르고
눈은 흐려지고 육신(肉身)은 병들었다
그럼에도 그 못된 정신 그 못된 버릇 여전히
꿈을 버려라 꿈을 버려야 산다

그래도 꿈을 버리지 마라 꿈을 버리면 인생도 끝이다
다만 희망을 사랑하라 소박함을 성취해라
그것이 황혼을 살리는 길(法)이다

붕정(鵬程)을 원망하지 않는다
빈부(貧富)를 원망하지 않는다
늦었을까 그렇지만, 아니다 늦지 않았다
작은 일에도 지성(至誠)을 다해봐라
부족하지만 감천(感天)시켜봐라

여름이 오면 난 여름을 이기려 했다
겨울이 오면 난 겨울을 이기려 했다

그저 거기에 길들여져야 하는 것을...
그게 인생이란 것을...

하마터면 나는
인생(人生)을 이기고자 했다

개미집을 짓기 위해 이제라도
새벽을 달려야 한다
"야, 일어나"
am 5시에 alarm이 운다
울고 있다
왜?

"야"
"일어나!"

3

자
유
와

자유

청춘

부르자
고향의 웃음소리를

바라보자
청명한 하늘을

듣자
냇물 소리를

태우자
붉은 단풍나무 잎새를

내 인생을 팔아라

지나는 순간이기에
청춘이 무성할 때에

고향으로 가련다

어머니가 그리워지면
고향으로 가련다
개나리 꽃피던
내 고향 작은 마을

내 아내가 보고파지면
고향으로 가련다
진달래 꽃피던
내 고향 작은 마을

들길 따라서
산길 따라서
고향으로 가련다
간이역을 들르지 않고

친구의 결혼

우리 부딪치지 말고 영원합시다
한마음 한뜻으로
결혼을 축하해주고

우리 지난날을 얘기합시다
날을 새며
저마다 우정을 토로했고

우리 잘살기를 기원합시다
낯선 색시
우리 색시

우리 그 친구를 사랑합시다
부모님께 효도하고
이제서야 독립하는

우리 친구의 색시를 사랑합시다
하늘은 맑고

태양이 빛나고

오늘 같은 날에
난 장가를 가요

친구의 집

친구란 벽이 없는 동반자기에
그의 색시도 벽이 없는 동반자이길
저는 바랍니다

저마다 조금씩은 다르지만
서로가 가까워져서 아끼고 위하고
도우며 함께 가는 세상의 길목에서

친구란
제가 세상에서 제일 존중하는 사람이기에
그의 색시도 세상에서 제일 존중하고 싶습니다

삶이란 정이랍니다
기쁜 정, 슬픈 정을 조건 없이
함께할 수 있는 친구라면

전 친구의 우열을 판단하지 않겠습니다
아주 오래되거나 아직 만나지 않은 친구라 해도

전 그렇게 약속했습니다

그래서 그의 집에서
저녁을 먹고 아이를 안아주고
그의 색시와 남편을 이야기하고

한 잔의 술을 마실 수 있다면
제가 가기에 아주 편안한
친구의 집이 되겠습니다

결혼 전에 어머님이 그러셨고
결혼 후엔 내 아내가 그랬으면
하고 내심 바라고 있지만

결혼 후의 친구들이
전부는 그렇지 않은 듯하여
전 가끔 걱정입니다

제 생각에 나의 집은 편안합니다
가난해도 음악이 없어도
아직 색시가 없기 때문일까요

친구의 집은 편안해야 합니다
왜냐하면
친구가 있고 그의 색시가 있기 때문입니다

삶이란 정이랍니다
만나고 싶어도 만날 수 없는 친구가 있듯
친구란 그리움과도 같은 것,

친구란
제가 세상에서 제일 존중하는 사람이기에
그의 색시도 세상에서 제일 존중하고 싶습니다.

어머님의 아이

어머님
당신이 웃으시면
내 여린 가슴 속엔
웃음꽃 피오고

어머님
당신이 울으시면
내 여린 가슴 속엔
눈물꽃 내리오이다

어머님
당신의 업적
하나 둘
세며

어머님
당신의 자취
따르오면

내 얼굴은 빛나오이다

어머님
당신의 아이는
언제나
당신의 아이로

어머님
당신의 생애에
영원한
애정으로 남겠나이다

생신날

모월(某月) 모일(某日)은
소중하여 귀중한 날
오순도순 가족들이 모이고
지족안분의 마음으로
가지 적은 나물 새 찬에
따스한 밥 한 공기 뜨는 날
손자 손녀 멋재롱에
할아버지 할머님 웃음꽃 터지고
오랜 시름 잔주름 쌓이였어도
웃으시며 살아온 세월
주름은 업적이요, 자식 키운 보람이라
앞날에 희망을 주고
그윽이 바라보는 어머님의 눈매
서린 마음을
소년은 알 수 있으리
걱정과 고생 아직 많아도
기꺼운 마음의 눈길
소년은 받으리
흔들리지 않음을.

심정

인생의 목표달성.
과연 그런 날이 언제나 올까
과연 그런 날이 얼마나 될까

윤동주는 그렇게 죽었다
-잃은 것을 찾기 위해
　스스로 별이 되었다-

저 하늘 빈 달처럼
내 심정.

일리 있는 거역

명령자에게
불복종의 죄가
얼만큼 큰 것인지
잘 알고는 있지만

내가 생각하는
한순간이라도
주어진 것에
살고 싶기에

그대의 뜻을
거역합니다

시인은 시를 써야 한다

시인은 시를 써야 한다
사랑할 때도 시를 쓰고
이별할 때도 시를 쓰고
친구를 위해서도 시를 쓰고
가족을 위해서도 시를 쓰고
무엇보다 희망을 위해서라면
시인은 시를 써야 한다

슬프게도 시를 쓰고
기쁘게도 시를 쓰고
살아가면서 바닷가에서
무엇보다 미래를 위해서라면
시인은 시를 써야 한다

그대가 시인이라면 시를 써야 한다
내가 시인이라면 시를 써야 한다

장미

꽃밭 속에 꽃들이
웃으며 산다

산에는 산꽃
들에는 들꽃

생명의 꽃
죽음의 꽃

장미
그대의 이름으로

우리들의 얼굴은
오월이고 싶다

길

오늘을 살다 죽더라도
나 반성하며 살리라

내가 없는 아침이 오더라도
깨끗한 사람살이 이어지게

그러면
별이 되든 달이 되든

오늘 밤을 환하게
걸을 수 있겠지

사상계(思想界)

살아오며 무엇하나
반듯하게 세운 적이 없다
시인의 목소리는
내 마지막 인내

X

하늘은 안개비를 뿌리고
젊은 날은 절름발이 지게꾼,
곡학아세(曲學阿世)하는 사람들은
꽹과리 판 벌린 세상
빈곤한 야망은 가슴 속을 죄이고
검정색 노동자들은 살기를 애쓰는데
태양도 정지된 이 시각에
우리는 무엇을 그리워하는가?
아무리 사랑하여 의문을 되풀이하여도
산산조각 낙엽만이 허공중을 나구를 뿐
빈약한 세월은 나이만을 좀먹는다

메마른 가슴으로 우뚝우뚝 솟구치는
축제들은 괴로운 산만감을 더해가고
길 구부러진 모퉁이엔 어둠만이 몰려드는데
뭘 해야 하는지 어찌해야 하는지
오늘도 나의 사상계(思想界)는
별을 따러 삼만 리
일(業)을 따러 구 만 리
뒤척거리고만 있다

4

행
복
과

행복

그 누구를 기다린다는 것은
행복 중에 제일로 큰 행복입니다

기다린다는 것은 작은 행복입니다
그래서
나는
밤마다 소설을 씁니다
몇 번이고 나의 소망을 촛불처럼
새로이 쓰고 싶음입니다
아주 작은 내 소망이란
내 분신과 같은 사람과
날 전부라고 여기는 사람과
크지도 작지도 않은 곳에 힘을 모아 아픈 것 위로
하고
잘못이 있다면 다듬어가며
의지하고
조건 없이 믿고
사랑하고
우리보다 못하거나 잘하거나
도울 수만 있다면 도와가며

여유 있는 길이 아니더라도
이따금 손잡고 길을 걸으며
함께 살고 싶음입니다
부부면서 서로를 위로하고
아내는 김치 냄새를 손에 무치고
나는 적지만 돈을 벌면서
저축하는 의미를 키우고
새벽에 출근하여 밤늦게 퇴근을 해도
기쁨으로 지치지 않고
아름다움 있어 허전치 않은
내 일생의 동반자를
이제는 만나고 싶음입니다
괴로움, 슬픔일지라도
감미로운 어떤 음악의 목소리처럼
편안히 들어줄 수 있는 사람을
천사가 아닐지라도
그렇게 믿으며
청정한 하늘을 바라보고
나의 동반자를
나는 밤마다 소설로 씁니다
세상 사람들 모두가 착하고
세상 사람들 모두가 행복해도

작은 공간이지만
내가 사는 곳을 소개하면서
내가 최고인 줄 자랑하면서
잊혀질 추억이라도
잊지 않으며
더욱 단단한 우리가 되어
하도 맑아 마음 서러워도
현실이지만 동화처럼
반가운 얘기
사랑의 얘기
착한 이야기 나누며
촛불이 애타도록 날을 지새우고
위도
간도
내장도
머리에도
살아가는 동안 순수한 칼을 갈고
양심껏 기다리며
나는 밤마다 소설을 씁니다
결코 쉬지 않으며
진짜 동화처럼
나의 동반자를

나는 밤마다 촛불로 쓰고 싶음입니다
그래요,
기다린다는 것은 작은 행복입니다
그 사람이
천사면 어떻고
악마면 어떻습니까
내 눈엔
그저 순하고
착하게 보여지고
또,
요정이면 어떻고
여우라면 어떻습니까
내 귀엔
그저
이뻐 들려오면 그만이지
그저 건강하게
살아가면 그만이지요
그저 사랑하며
살아가면 되는 거지요
가진 것 없어도
채울 줄 알며
이제부터

시작을 하는 겁니다
이제부턴
새로워지는 겁니다
살아있음이 충분한 행복임을
깊은 아픔으로 깨달았을 때
기다리는 사람이
천사면 어떻고
악마면 어떻습니까
그렇습니다
기다린다는 것은 참으로 큰 행복입니다
그것이 고통일지라도
기다림은 기쁨이고 희망이기에
세상 사람들에겐
못된 사람 소리를 들어도
난 쾌히 괜찮습니다

나의 하나밖에 없는 사람을 만나
따뜻한 차 한 잔과
맛있는 음식을 함께 먹고
함께 숨 쉬는 사람에게 잘하기 위해서라면
못된 사람 소리를 들어도
난 쾌히 괜찮습니다

오직 한 사람과 다짐하고
어떤 어려움이 닥쳐와도
함께 이겨내고
우물 안 개구리로 살아가도
그것이
기쁨이기도
행복함이기도 하다면
세상 사람들에겐
못된 사람 소리를 들어도
난 쾌히 괜찮습니다
가슴 아프고
울고 싶어질 때는
경포 바다에 나가
푸른 파도
흰 파도
바다에 닿은 하늘
그것을 보며
반성하고
다짐하고
애쓰고
세상 사람들에겐
못된 사람 소리를 들어도

난 쾌히 괜찮습니다
나의 하나밖에 없는 사람이라면
바람이 불어도
비가 내려도
난 쾌히 반겨 맞겠습니다

누구를 기다린다는 것은 참으로 큰 행복입니다
언제였던가,
아침 이슬이 너무도 어여뻐
모든 것 놓고 바라본 적이 있습니다
어떤 의미이든
산다는 것과, 만난다는 것은
행복입니다
우리 모두에겐
우리 모든 주변에는
꽃밭 속에 꽃들이 모여 살듯이
의미 있는 작은 행복들이 모여 살고 있음을
난 내 마음의 행복이라 하겠습니다

그 누구를 기다린다는 것은
행복 중에 제일로 큰 행복입니다

신행복론

반드시 올 사람을 기다린다는 것은
행복이다
그래 행복이다
순간과 찰나
이 모두의 행복으로
새로운 것을 주우려 가지려
인간들은 산다

하늘빛, 바닷빛 닮으려
인간들은 산다

(그래 그래)

웃으며 산다

(그래 그래)

웃으며 산다

한숨 대신 한웃음으로 산다

(그래 그래)

섬처럼 웃으며 산다

나의 한 사람

인간이 죽기까지
아니 살아가는 동안
사랑합니다 이 말을 하기가
어렵고 드물기에
인연이란
무엇인지 생각합니다

나의 위안
등불 되며
잡은 손길이
사랑으로 살라 정해진 사람이라면

그대로 인해
난 세상에 있고
지금 난
가장 행복한 사람일 것입니다

온 공간을

생명으로 꾸미고
모든 시간을
처음처럼 색칠하고

그런 나의 한 사람이 그대라면
조건 없이
사랑합니다

사랑

이건 분명 행복입니다
무지개 빛깔 같은 것
그러나 물방울처럼 금방
터질 것 같은 불안감……
그러나 그것이 전부라 여겨지면
그대를 향해 달리겠다오
무지개 빛깔보다 더 빛깔 있는
삶을 살아야겠기에

산꽃

기쁘고 행복해서 울고 싶습니다
분명 슬픔은 아닌데 울고 싶습니다
분명 그대 곁에 있으나 울고 싶습니다
그저 감사하고픈 마음입니다
나는 그대 사랑이 되어
산속에 자라는 산꽃으로
지금 분명 행복합니다.

수세미꽃

전 아이들이 좋습니다
아이들을 돌보고 ㄱ, ㄴ, ㄷ, ... 가르쳐주고
전 이랬으면 좋겠습니다

또, 하늘이 검은색으로 덥히고 있다고
치는 번개는 호랑이 눈빛보다 무섭고
천둥소리는 호랑이 울음소리보다 두렵다고

언제였던가,
지나간 시간 그리워 눈물지을 때
그러나 오늘이 가면 그때 역시

이날이 그리워질 것이 분명합니다
겨울이 되면 모두 문을 꼭꼭 걸어 잠그고
벽만 보이는 것들이 황량히 보여지는데

어떤 의미이든
산다는 것과 죽는다는 것은 마찬가진데

죽음 앞에서는 통곡을

어쩌면 살아가는 것이 더 고통스러움,
밭에는 고추가 빨갛게 익어가고
이제 가을은 멀지 않았습니다

비바람, 번개, 소나기
모든 것을 맞고 느끼고 깨달았는지
수세미는 꽃을 피웠습니다

노란색
꽃 한 송이랍니다.

자격

이젠 내가 가야 할 길과
내게 전부인 그대를 향해
살아가려 합니다
그대 가는 길이 나의 길이기에
잘나지도 못나지도 않게
참되게 살도록 애쓸 것이고
그댈 위해서라면
가는 길이 슬프고
역경 있어도 잡은 손으로
따사로움으로
그대의 피로함을
위로하는 내가 되길
나 스스로 노력하면서
이젠 내게 전부인 그대를 위해
살아가려 합니다
살아온 날보다 살아갈 날에게
그대 소박한 삶이 되고자 합니다.

요정

요즘 저녁이 내리는 하늘은
너무도 아름답습니다

논, 밭, 산에 굴뚝 연기가
더욱 멋스러워 보이구요

코스모스길 걸어가 보면
어느덧 가을입니다

빨갛게 고추가 익고
평화로운 이 마을을

난 화려할 수 없어
좋아하나 봅니다

진분홍색 손톱의 색칠처럼
차라리 그렇게 차릴 용기조차 없는 것이

솔직함 같아
내 마음 위안이고요

그대,
요정을 보신 적 있는지요

요정2

그대 얼굴이 잘 기억되지 않아
갑자기 그대가 보고 싶어짐은

차라리 그대가 요정이었으면
좋겠습니다

사진첩을 뒤져 그대의 얼굴을 보았으나
그대가 진짜 그렇게 생기었나 의심이 솟구

거기에서 느낄 수 없는 생명의 눈빛
그것을 요정이라 하겠습니다

너무 과하게, 무어든지 과하지 않은
건강한 생김새, 마음씨

차라리 그대가 요정이었으면
나는 좋겠습니다

저녁을 내리는 월미도의 노을에서
오늘은 요정을 보았습니다.

지금 난 행복합니다

행복합니다
편안함이 옆에 있기에
난 행복합니다

행복합니다
아름다움이 옆에 있기에
난 행복합니다

행복합니다
오늘이 지나면
다시는 오늘이 오지 않을 테지만

이 밤 역시
따뜻한 체온과 함께 숨쉬기에
난 행복합니다

행복합니다
소나무의 멋스러움을 처음 느꼈을 때처럼
지금 난 행복합니다.

살아갈 의미

어제도 그랬던 것처럼
내일도 그렇게 살 것임을
난 알고 있습니다

그러나
분명한 것은
그대가 있어
이젠 살아갈 의미가
생겼다는 것입니다

가장 어려울 때
신의 축복입니다.

탄생과 부활

마침내 병아리
두 팔 뻗쳐

만세→불렀다
그리고

내 세상은 달라졌다
너와 나 가슴 떨리게 살아가자

선행(善行)의 고리
농부를 닮아

엄마의 젖줄
사철 푸르게

넌, 넌

천하를 가슴에, 한 손으론

동파군자(同播君子) 약속하라

오늘 아침 7시 26분

친구야
너를 안고
난 희망에 불타

만족도

넌
어쩌다 슬픈 표정을 짓고 울음을 준비한다 그럴 땐 먼저
얼굴이 버얼게진다 일그러진다
아가에게도 슬픈 일이 있을까
난 이것을 잘 모르겠다
또 가끔 자지러지게 울어댄다 자다가
귀신 꿈이라도 꾸었을까
이것도 잘 모르겠다
자기와 난 당황한다

그리고
낑낑대며 울 때가 있다
기저귀를 적신 모양이다
아니라면 혼란스럽게 된다
원인불명은 곤혹스럽다
이번엔 아⋯▸아⋯▸아⋯▸울고 있다
떼쓰는 울음이다

바빠진다
먹여야 하기 때문이다
먹다가 갑자기 앙…▸ 앙…▸ 운다
걸렸다 공기가 들어갔다
트림을 시켜야 한다
그래도 이때가 좋다
끄————윽
만족도 때문이다.

살다 보면

운명이라면 너와 정이 오리라
운명이라면 아침 경포대길 너와 함께 다시금
걸으리라
세월 흘러 믿음이 진심 되면
지금 날도 그 전 일도 말할 수 있겠지
그렇게 지금도 이해하고 지난날도 알아주겠지
경포대야 내 사는 힘인데 어찌하라고
경포대야 내 목숨 걸은 인생을 어찌하라고
분수를 넘는 욕심으로 어쩌다 휘몰아친 파고를
타버린 너
한 번쯤 말 걸어
그 사연 듣고 싶으나
살다 보면 그런 건 아무것도 아니지
그럴 거야 본심(本心)이 아닌 줄은 알면서도
살다 보면 그럴 수 있어
그게 사랑이지 살아보겠다는 거지
아직은 눈물 보일 줄 알기에
너는 나로 인해 지치지 않고

나는 너로 인해 지치지 않고
초록빛 영혼을 찾을 수 있어
넌 그렇게 생각 안 하니 난 그런데
하지만 상처를 덮진 마라
아물지 않는다

여행(旅行)...
나의 멈춤 나의 기다림(夢)은
너를 나에게서 달아나게 하였다

그래 살다 보면 별일 다 있어
그렇지않겠냐 죄다 모순 투성이지
부끄럽게도 앞으론 무엇을 하며
무엇을 위해 살아야 하나
후회 없는 길(道)을 이제서 생각한다
사랑이란 참으로 이상하지
희망을 사랑한다면 살아온 날에게도
살아갈 날에게도 그건 무죄야
사랑은 죄가 없어 사랑은 배반 없는
나누어 가질 수 있는 아낌이니까

살다 보면 너와 정이 오리라

살다 보면 너와 내가 한 웃음 웃어버리리라
경포대야 흰 파도야 사랑은 아름답다
살아있는 가장 행복한 순간순간이 이유 있는
빛깔로 채운
경포 바다는 끝이 없다

등대,
사랑은 살아 있다
그대는 내 생명의 완전한 위로.

이제는 그대에게 말하고 싶다

초판 1쇄 발행 2024. 5. 23.

지은이 김한진
펴낸이 김병호
펴낸곳 주식회사 바른북스

편집진행 박하연
디자인 양헌경

등록 2019년 4월 3일 제2019-000040호
주소 서울시 성동구 연무장5길 9-16, 301호 (성수동2가, 블루스톤타워)
대표전화 070-7857-9719 | **경영지원** 02-3409-9719 | **팩스** 070-7610-9820

•바른북스는 여러분의 다양한 아이디어와 원고 투고를 설레는 마음으로 기다리고 있습니다.

이메일 barunbooks21@naver.com | **원고투고** barunbooks21@naver.com
홈페이지 www.barunbooks.com | **공식 블로그** blog.naver.com/barunbooks7
공식 포스트 post.naver.com/barunbooks7 | **페이스북** facebook.com/barunbooks7

ⓒ 김한진, 2024
ISBN 979-11-93879-98-6 03810